也斯作品

启真馆 出品

蔬菜的政治

梁秉钧

ZHEJIANG UNIVERSITY PRESS
浙江大学出版社

目 录

北京戏墨

蔬菜的政治

亚洲的滋味

蔬菜的政治

蔬菜的政治

即 事

附 录

北京戏墨

(2002)

网　吧

随呛鼻的四川麻辣味儿
走下地窖的网吧

周围的男子老在扰嚷
放眼但见一片火红的画面
旁边的人随鼠标滑入虚拟
四块钱一小时的冒险
在大千世界中把你我连上？

只能有喧嚣的画面
不能接收或发送文字附件

时断时续的联系

我想我最后还是失去了

最想说的一段话

还是呛鼻的麻辣味儿

门外的妇人洗切菜造饭

（2002-06-03）

风　筝

一尾黑色的鲤鱼

是我向你发的讯号

盛装的女郎有其他颜色

有人谈老谈不完的生意

老百姓闲话家常

这个黄昏人也不多

大家留在家里看足球了

在宽广的场地上彼此前行

也有与踏步向前的士兵交错

自你离去，昔日不堪回首

只是大家也未完全忘记

蔬菜的政治

旗帜这里那里扬起片片红光

天空的夹缝升起一尾黑色鲤鱼

是我向你作出私人的招呼

（2002-06-04）

豆汁儿

你问我能喝豆汁儿吗

成！尤其能趁热喝

我也能喝疙瘩汤

吃爆肚，喝棒子粥

甚至挺喜欢麻豆腐

觉得像乳酪一样

但我也知道麻豆腐

不是乳酪

我不是炫夸的游客

也不想猎奇

但我也知道

　　　　　　　　　　　　　　　　蔬菜的政治

你到头来总会找到破绽

你发觉我不喜欢灌肠，你

发觉我与你口味不一样

（2002-06-05）

胡　同

我走过胡同

避开小贩叫卖的声音

避开老大娘的耳目

在一个隐秘的角落拥你入怀

我走过胡同

我是二品武官正在门前下马

宫里密诏

要把你的父亲收押

我通风密报叫你黉夜远走天涯

我们终会有日重逢

我走过胡同

蔬菜的政治

你已从墨尔本归来

帮老外在桥边弄了酒吧

并且热烈投入了房地产生意

（2002-06-06）

长城谣

每一块砖上都有一个名字

某个年头到此一游的故事

砖筑的长城我们踏过了

还有其他连绵的长城把我们隔开

该怎样吟唱我们的故事？

老有那些觉得到了长城就是好汉的家伙

不断跟石碑和骆驼一起拍照

为了促进多民族的团结与友谊

卖工艺品的人尽在说日语

该怎样吟唱我们的故事？

孟姜女劝你买长城纪念品

昭君才刚出塞

包车的师傅

老早就想回去再兜一转生意

（2002–06–07）

故　居

在一条卖电器为主的街上

找不到跨车胡同

找不到你的故居

据说手机让生活变得更简单

上网令生活更丰富

太阳园，只为生活更精彩

总不成搬回庙里居住了？

做一个雕花的木匠如何？

在乱世可以谢绝探访

　　　　　　　　　　　　　　　　蔬菜的政治

盛世得提防宜家家具大减价

还在画几笔墨虾，看蝌蚪的稚趣？
劈柴胡同变了辟才胡同
在一条很多盗版 DVD 的街道上
我找来找去找不到你的故居

（2002）

蔬菜的政治

化　妆

你看不见我，但是

你看见我的美丽

广告上老这样说

我也不懂是什么意思

优质食品，美好生活

电视广告教导我们

如何爱护头发和皮肤

讲话六十周年

大家与时俱进

就是不明白你为什么老不满意

一起走过这么多路的你我

而且老坚持要我用某个牌子的洗发液

迎接入世挑战

大家与时俱进

（2002）

　　　　　　　　　　　　　　蔬菜的政治

药　膳

一对喜欢诗的小情人

请我吃饭

一对可爱的小情人

患了感冒

希望药膳的菜式可以治好他们

炒荬笋、炒苦瓜？

山楂煮猪肉，还是有什么

更好的下火老汤？

校园黑暗的小路两旁屋里透出灯光

照亮我们的路。那是林庚住过的地方？

那边是金克木？还有朱光潜呢！

北京戏墨

不要担心，患了感冒的小情人

那么多爱诗的灵魂

他们会庇护你们的

（2002-06-16）

　　　　　　　　　　　　　　　　　　　蔬菜的政治

现代城

三环路堵车只好走四环路

真不容易到达现代城

露着肩膀的你从出租车后座看我一眼

模糊的影子在轿车黑玻璃后看我一眼

我性格也急，一堵车就焦急

不知该怎样赶来会你

左拐右拐，绕过许多好像跟你没有什么

关联的事物来会你

应该走这条路还是那条路？

你在希腊的神庙罗马的廊柱后面等着我

你在菩萨和喇嘛的旁边等着我

北京戏墨

.真不容易到达你

我要绕过所有的饺子店和小铺

所有跟你无关的四川牛肉面来会你

（2002-06-17）

蔬菜的政治

荷　塘

我从窗内的红花认出了你的家
优美的声音却说失去了花园
屋子旁边悉心料理的蓓蕾
被一律铺上麦子般粗长的绿草代替了

尽管校门前的化工业研究
令小河一时变红一时变黄
饭桌旁谈话还是期望
人文与科技结合的理想

你的老师写过的荷塘还在

谢谢你带我绕路去看它

饭堂的饭菜不怎样也无所谓了

拆去旧房子，多年的家园也要搬了

荷叶仍有亭亭的枝干宽阔的叶子

纵横错乱间还有一个春意盎然的空闲

（2002-06-18）

蔬菜的政治

藏　酷

从玻璃幕墙只看见自己的反映
消闲的周刊教人周末往香港购物
随粉红色酒端来粉红色卡片
挑逗你把你引向今晚下一站

从工人体育馆往北就是酒吧街
科盈中心是我秘密的恋爱
从海外归来的友人开班教人英语
我从农村来到这儿学习明天的符号

什么是今天晚上最流行的？

我爱那往上乱抛的星光

我爱你玻璃碎片的月亮

我是翻新的仓库把欲望收藏

酒过三巡，就有谁说：

大伙儿过去粉酷再喝一杯吧

（2002-06-19）

　　　　　　　　　　　　蔬菜的政治

蔬菜的政治

（2003—2004）

汤豆腐

开始时在白布的桌面上

端来一碗汤豆腐

我们开始说话

从平面开始想象，把现实割切

阡陌纵横许多不同的四方田

想象我们是朴实的农夫

想象我们是入定的老僧

寺门内晚膳只有清汤与豆腐

没有手提电话

没有股票与炒楼

没有金银和欲望，只有豆腐

连冬菇也没有，连豆芽也没有

我们简直已经到了非常禅的境界

不吃人间烟火，只是吃豆腐

可是吃着豆腐，闲聊着

又想到了豆腐也有各种做法

比方说高野豆腐

坐牢时探监的人送来高野豆腐

可以偷偷榨出半壶清酒呢！

我说我以前吃过的

浅绿色的蟹膏豆腐

你说虾仁松子豆腐

江户时代就有豆腐百珍的专书

我们都吃过火腿豆腐

虾子山根豆腐

麻婆豆腐

臭豆腐

各种味道都说起来了

还有泥鱼的豆腐呢

　　　　　　　　　　　　　　　蔬菜的政治

驱使烫热无处可走的泥鱼

教它们钻进冰凉的冷豆腐里

满足我们美味的欲望

唉，阿弥陀佛

愈说愈不像样了

我们不是说要收心养性

只吃一味汤豆腐的吗？

蔬菜的政治

京渍物

我是六郎兵卫

爱你白皙的肌肤

经我亲手挑选

让我来成就你

端好你的叶子熨帖你的椭圆

放你在水里洗干净你

不断移位的指头抚摩逃逸的灵魂

不止于枝叶浅浅的接触

不过是要避免固定的关系

我更知道你不知道的欲望

　　　　　　　　　　　　　　蔬菜的政治

你的眉眼告诉我

你从梦中期待我用盐涂遍你

淹没你重重地紧抱你

我知道，整个夏天你一直在等待

成长为京城里最美味的肌肤

你是芥末腌过的小茄子

你是轮回的山菜与樱桃

你是特别酸的萝卜，特别辣的

白菜，你是发酵最久的灵魂

你是不再抵抗的西瓜

柔顺地躺下的香菇

不要担心，我会用完全的心意

炮制你独特的形状

爱出斑烂的瘀伤，给予你

梦中才会泄露的快感

巨石的重压、绳结的捆绑

令你更结实，排尽所有伤感的水分

蔬菜的政治

蔬菜的政治

保存你的颜色比真实更加鲜明

盛你黄中透红的秋天的身体

在一个浅蓝色碟子上

鮟鱇鱼锅

cut piece, after Yoko Ono

我来自河流与大海的交界处

每年冬天我演出我的行动艺术

诚心邀请各位观众参与

我在身旁放一把剪刀

让你选择在我身上剪去任何东西

艺术家不是高高在上的

我把自己交到你的手里

任你行使你的幻想

我相信你会善待我

没有信赖我们如何可以对话？

我的艺术如何可以在社会中成形？

蔬菜的政治

你伸出手只是感觉软绵绵一团

还是你能把握我的形状？

你可能分辨我的黑白？

你对大口怪脸可有偏嗜？

我是你巨大的狂想

我看见你，孤僻的年轻人

一剪剪下我的鳃

愤怒的中年人，一剪剪下我的皮

我看着你，疯癫的老人

剪下我的胃袋

我的卵巢

经冬而变得肥美的肝脏

你们吞下我

我把一切都给了你们

你咀嚼一切，你明白

血液的味道了？

你懂得我更多吗？

我最好的部分

蔬菜的政治

给我最好的观众

你带着我的一部分

我成为你的一部分

溶入更广大的汪洋

（2003，水户）

　　　　　　　　　　　　蔬菜的政治

白　粥

谁人在微明中举火

最能温暖你的肠胃

混合了不同长短和新旧

在汤汤的热气中轮回

尘世的煎熬从无间断

笑脸令你阴沟里翻舟

苦海的旋涡驱使不幸者兜转

翻上来的刹那间又再消沉

有谁端来一碗热暖

熨帖你宵来酸苦的胸膛

一旦心里打满了纵横的细结

有那双灵巧的手可以舒解

若是无聊举杯积聚无数腻意

那堪再搬醋盐的酸咸

不如面对空茫的回转

端看你投入的是什么东西

皮蛋瘦肉舒缓你上升的虚火

柴鱼花生总结稻米浪荡的良宵

小艇摇橹的声音或是塘畔风月

只剩下黎明的鱼眼呼唤你的灵魂

腐竹皮蛋猪骨鲮鱼肉

突出了自己也逐步溶化了自己

你我在热汤中浮沉

有人炫耀鲍鱼瑶柱的极品

且细尝一碗平淡白粥里的众生

（2004 年 5 月）

　　　　　　　　　　　　蔬菜的政治

菜　干

要隔了一个年头才好味道？
日子久了才会变得金黄？

过去我一直不知道
阿婆收藏起的是什么东西
那些窸窸窣窣的
层层多叶的秘密

总喜欢青翠的年华
喜欢吹弹得破的肌肤
一个潮湿的生命一个绷紧的生命

来到一个不知怎么样的生命

从前不喜欢阿婆的满脸皱纹
不喜欢阿婆的黑色衣衫
老是从里面摸出一些什么来
那是我们打了褶的过去吗？

你说瘀青的身体里
真的曾有矫健的身体？
阿婆让我再喝你煮的汤
试尝里面可有日子的金黄

（2004 年 5 月）

蔬菜的政治

金必多汤

以奶油的脸孔骄人？
滑溜的表面底下
不知有什么乾坤
把鱼翅向谁献宝？
搬出老祖宗陈年的传说
山珍海错容易当了平常

如何在价格的差异间
赚取美味的利润？
昨天是咸鱼栏里的剩货
今天是待价而沽的珍馐

把感情的买卖玩弄于股掌

谁都可随意投入虾米或是石斑

咫尺间人人不都在讨价还价？

没有谁在天空上放一把天秤

至少口袋里的软尺伸缩自如

算盘的各子不住上上下下

来自五湖四海分别找到自己的位置

蒙谁眷顾货如轮转客似云来

旋转木马上可有你我的童心？

晕眩因为转得太快还是喝得太多？

赌这一回所有财物如过山快车

突然坠落谷底

尽似无底深渊的富贵浓稠

可是蝇头小利粉末和了开水？

（2004）

新滤酒

刚刚经历新的变化

还未肯定自己的身份

点滴滤下形成

淡白的形态

是牛乳还是冷汤呢?

脸上还有小小的泡泡

旋涡里捞出前生的大米

未形成的状态里有许多可能

变成鲜艳的红叶

变成体面的银杏

变成阴暗的地道

变成致命的爆炸

变成冬天的恋曲

变成悲情的高歌

变成跃崖的自毁

变成得道的升天

上了年纪的人在喝酒

喝出了许多味道

一度眼前有那么多可能

世界的脸孔还是那么清新

乳白里荡着动人的弧线

清澈的水里有那么多波纹

可以选择变酒还是变醋

且尝模棱的味道焕发的美浆

（2004 年 11 月 6 日晚与藤井、

山口及林教授共饮）

蔬菜的政治

潮州榄菜

亲爱的
我也觉得那是奇妙的
青色的榄如何腌成黑色
菜如何腌出各种味道
渗进 ·碗白粥
带给它大千世界的滋味

白饭鱼、南哥仔和斋鱼
蘸怎样的酱油？
蝴蝶虾和螃蟹
需要梅酱吗？

蔬菜的政治

普宁豆腐

蘸盐水和芫茜?

鹅肠鹅片和墨鱼

等白醋来调和?

你是新采的芥菜吗?

想在我怀里腌成酸菜还是咸菜?

你变成了酸酸的大芥菜头

我是你上面的南姜粉

琵琶虾是虾姑娘

我用什么味道来配合你的朴素

花你一个早晨冲好的工夫茶

喝下去一个晚上不能成眠

我要把自己去尽繁华

以平淡的肉身接受你的浓烈

什么蘸甜的梅酱

什么蘸辣椒和醋

什么蘸普宁豆酱

什么蘸糖和黑醋

各有前因各有各的姻缘

不一定能配上

刚好配上

就没什么话好说了

（2004）

　　　　　　　　　　　　　　　　　蔬菜的政治

家传食谱秘方

从一盏灯旋转的闪烁开始

永远无法持续的意外在耳边

有人说你是辛辣的但你已经

不是辛辣的，后来的人

把这道菜煮得太干，忘记了

原来的主题，我们在搅拌中

逐渐失去了自己

太模糊、太软弱、太妥协

难以达到朝思暮想的形状

我们继续在平庸的烹饪以外

想去寻回那些失落的笔记

蔬菜的政治

不管去到哪里我们总带着

童年的脚步放学懒洋洋经过小巷

那些殖民地大屋中传出的香味

来自遥远的市镇，修葺我们的欲望

是我们屡屡失落中安慰的零食

成长中记得咀嚼那微甜的苦酸

在那些无法逃避的沉闷中

发现了逃走的暗道却不知通往何方

那些永恒的秘密，牙缝中吊诡的

老祖母的鱼饼：无法分辨的

咸和甜的混合

要得有上好的百加休鱼，要得

有够强够醇的葡萄牙橄榄油

然后那一切就可以像魔法般重现？

教母在星期天晚上给我们煮的晚餐

在某一个阁楼，某一道关上的

南欧风味的木窗里的窗帘和窗罩下

那尘封的昨天里，微微闪光的是什么？

姊妹们曾经记下、亲友反复抄写

而纸张逐渐褪色了

难留下那无法挽回的

巫师般准确扮演的神秘仪式

记得那些茴香与肉豆蔻粉的味道

那些葡式虾酱煮肉特别惹味

（是祖母下厨一显身手吗？）

那气味历久不散，但自从她去后

没人能再调出同样的味道

妯娌间妒忌地争猜那经文

可是收藏在大床被褥的夹缝间

还是已经被虫蛀掉，无法在

众口间流传？大人们老说那些

神秘的册页，我们到处访旧寻新

搅拌锅中种种，不知能否寻回那丰富

（2004）

蔬菜的政治   53

戒　口

"不能吃西瓜

不能吃凉茶

不能吃龟苓膏

不能吃夏枯草"

"我想吃——"

"不能吃虾，不能吃蟹

不能吃鸭鹅，因为它湿毒

不能吃鸡，因为禽流感"

"我想吃——"

"不能吃笋，不能吃生冷
不能吃冬瓜和豆腐
不能吃鲥鱼，因为会哽骨
不能喝酒，因为会乱性"

"我想吃朱古力——"

"不能吃！"

"我想吃朱古力——"

"不能吃
它会令你全身四肢无力
它会令你迷失方向
它会令你若有所思
它会令你夜里做梦"

蔬菜的政治

"我想吃——"

"它会在春天给我盖被

它会在夏天令我全身舒畅

它会在秋天令我头脑清明

它会在冬天把我包裹得暖和令我做甜蜜梦"

（2004）

蔬菜的政治

亚
洲
的
滋
味

（2002）

蔬菜的政治

新加坡的海南鸡饭

Chicken Rice

我可有最好的秘方

用沸水把鸡浸熟

在异乡重造故乡的鲜嫩

安慰漂洋过海的父母？

我可有最好的秘方

调制最美味的酱油和姜茸

调节食物和语言里的禁忌

适应新的餐桌的规矩？

我可有最好的秘方

用鸡汤煮出软硬适中的热饭
测试油腻的分寸在异地睦邻
黏合一个城市里多元的胃口？

　　　　　　　　　　　　蔬菜的政治

香港盆菜

应该有烧米鸭和煎海虾放在上位

阶级的次序层层分得清楚

撩拨的筷子却逐渐颠倒了

围头五味鸡与粗俗的猪皮

狼狈的宋朝将军兵败后逃到此地

一个大木盆里吃渔民贮藏的余粮

围坐滩头进食无复昔日的钟鸣鼎食

远离京畿的辉煌且试乡民的野味

无法虚排在高处只能随时日的消耗下陷

不管愿不愿意亦难不蘸底层的颜色

亚洲的滋味

吃久了你无法隔绝北菇与排鱿的交流
关系颠倒互相沾染影响了在上的洁癖
谁也无法阻止肉汁自然流下的去向
最底下的萝卜以清甜吸收了一切浓香

酿田螺

Hap La Gung

把我从水田捡起

把我拿出来

切碎了

加上冬菇、瘦肉和洋葱

加上盐

鱼露和胡椒

加上一片奇怪的姜叶

为了再放回去

我原来的壳中

令我更加美味

亚洲的滋味

把我拿出来

使我远离了

我的地理和历史

加上异乡的颜色

加上外来的滋味

给我增值

付出了昂贵的代价

为了把我放到

我不知道的

将来

　　　　　　　　　　　　　蔬菜的政治

石锅拌饭

Bibimbap

许许多多的蔬菜

各有各的美丽和骄横

什么样的一双手摇响风铃草

把它挂成一串颈上炫耀的小调

把青瓜切成半个月亮

把月亮蘸点麻油

温柔地给生菜按摩

让它发出胡弓的旋律

把冬菇变成十只长鼓

敲出秋天芦苇间的萧杀

芽菜姊妹排好又在动乱中拆散

长竹笛合奏黎明的爽凉

让红菜头翻出弦间的秘密

把大家的脸庞染红

美丽底下有隐藏的悲凉

这么多的蔬菜交缠的歌舞

在炙热的石盆上错折成形

把白饭搅拌成斑驳的七彩

蔬菜的政治

老挝菜肉饭

Larb

刀在砧板上细切的声音

呼唤我们期待温暖的晚饭

肉在琢磨中逐渐成熟

蔬菜撕裂了变得更完整

糯米有它温柔的魅力

把所有日常的破碎黏合

预备一道菜所花的时间

点点滴滴收获无穷的美味

冬荫功汤

Tom Yum Goong

最辣的是辣椒

最辣的是清水

最辣是她的嘴巴

最辣是你的耳塞

最辣是他们的发布

最辣是你们的报道

最辣是她的身体

最辣是他的凝睇

最辣是他们的法纪
最辣是我们的顾忌

最辣是她的气味
最辣是你的大鼻

最辣是他的热吻
最辣是她的冷漠

最辣是他的裸体
最辣是她的整齐

最辣是他的眼睛
最辣是她的心情

最辣是她的梨涡
最辣是你的无助

最辣是你的言语
最辣是你的无言

　　　　　　　　　　　　蔬菜的政治

雅加达黄饭

Nasi dan Santan

印度带来了香料和咖喱

阿拉伯人的串烧变成沙爹

荷兰人觊觎豆蔻和茴香

中国人背着豆豉和菜籽逃难

豉油远道而来定居在这里变甜

餐桌的海岸线上无数小岛

大家都没法把香料殖民

黄姜染黄了我的指头

香兰叶总有浓郁的香气

辣椒火爆拒绝向任何人低头

火山熔岩那么炽烈

大海岩层那么嶙峋，只有——

米饭是我们共通的言语

米饭是我们安慰的母亲

米饭包容不同的颜色

米饭熨贴肠胃里旧日的伤痕

蔬菜的政治

马来椰酱饭

Nasi Lemak

吃了永不会饥饿

吃了永不会忧伤

插秧的人愈来愈少了

种稻的人愈来愈少了

城市发展出不同的口味

米饭永远中和我们的辛酸

吃了感到充实

吃了就有气力

随着季节播种

随着季节收割的人

愈来愈少了

　　　　　　　　　　　　　蔬菜的政治

城市发展出不同的忧伤

米饭是我们失去的笑容

随着季节去打谷

随着季节去晒谷

磨谷的人愈来愈少了

舂米的人愈来愈少了

城市带给你七色的疤痕

米饭给你白色的安慰

吃了永不会悲伤

吃了永不会激愤

吃了永不会迷路

吃了永不会失落

亚洲的滋味

峇里的祭品

Banten in Bali

用棕榈叶造成小盆

承载了花朵、米饭

一点点的水果和盐

洒上圣水

放在门前献祭

向住在山顶的神灵

向住在海底的恶灵

祈求保佑我们所有的一切

免于火山和地震的灾害

免于传染病的凌虐

免于令数百人丧命的爆炸

蔬菜的政治

祈求游客再来不害怕

我们敬畏神明但也惧怕恶灵

人的脚步牵动潜伏的暗流

狗的四足践踏谁的秘密

那一片蓝色的墙影

当他保护事物

他是毗湿奴

当他破坏时

他是湿婆

那一片红色的土地

上有无常的生死

那闪烁不定的片片光影

在森林的最里面

在我们心的最深处

小小一叶棕榈的小舟

承载了敬畏与恐惧

在波涛上颠簸

亚洲的滋味

刚收到你寄来的瓶子，还未打开
没想到，随灰云传来了噩耗
沿你们的海岸线北上，地壳的震动
掀起海啸，一所酒店在刹那间淹没
一列火车冲离轨道，在无人驾驶之下
从今生出轨闯入来世的旅程
海水突然淹过头顶：油腻而污黑的
生命、飘浮的门窗、离家的食物……

我打开密封的瓶子，尝不出
这腌制的蒜头是怎样一种滋味

　　　　　　　　　　　　　　　　　　　　蔬菜的政治

是泥层中深埋的酸涩、树木折断的焦苦？

还是珊瑚折尽鱼翻白肚的海的咸腥

从阳光普照的午后传来，你可是想告诉我

如何在黑暗中酝酿，在动乱中成长

千重辗轧中体会大自然的悲悯与残酷

如何以一点甘甜衬出大地人世无边酸楚？

（2004 年 12 月）

香港 2，3 事

（2003）

城市风景

城市总有霓虹的灯色

那里有隐秘的讯息

只可惜你戴起了口罩

听不清楚是不是你在说话

来自不同地方的水果

各有各叙说自己的故事

橱窗有最新的构图

革命孩子和新款鞋子押上韵

我在你的食肆里

碰上多年未见的朋友

在渍物和泡饭之间

一杯茶喝了一生的时间

还有多余的银币吗

商场里可以买回许多神祇

她缅怀前生的胭红

他喜欢市廛的灰绿

给我唱一支歌吧

在深夜街头的转角

我们与昨天碰个满怀

却怎也想不起今天

　　　　　　　　　　　　　蔬菜的政治

猪肉的论述

不能煲莲藕猪骨汤
明天或许没有猪肉吃了

生猪买手表示：可能在今天
联手抵制供应商不再买猪
并且用车堵塞上水及荃湾屠房
阻止超市出售廉价生猪肉

供应商表示：超级市场掀起的
减价潮，是单方面的行为

他们并木对任何方面提供优惠价格

民主党表示：关注

肉食供应市场的垄断

随即发表声明

报纸的社评表示：民主党

把问题愈说愈糊涂

蔬菜的政治

不要把什么都提升到垄断的层次
我们必须研究猪肉市场的结构

街市的阿婆摇头
大公司以本伤人
不要以为现在吃平价猪肉
将来可
便要吃贵猪肉了

躺在屠房的猪只表示
目前的猪肉减价战
只是人类单方面的行为
它们不能对此负责

生鱼引起的恐慌

"原产中国的生鱼

泛滥在美国的湖泊

引起了居民的恐慌

内务部长周二宣布

这种充满杀伤力的鱼类

一定要严格禁止进口

"实在太可怕了，这样的异类

颚坚齿利，大口贪吃

样子也太不正派了

简直像恐怖电影中的科学怪鱼

蔬菜的政治

怕要把美国湖泊中的一切吃掉

怕要把美国的一切吃掉

"实在太可怕了，这样的怪物

吃完了水里的东西

还用鳍登上陆地

真叫人毛骨悚然

怎知道它不会吃掉美国的房子？

怎知道它不会吃掉美国的汽车？

这肯定不是美国的饮食习惯

"实在太可怕了，怎知它不是

敌人派来的间谍？它可是要探听

我们水平线以下的情报

散布企业诈骗的谣言

在市场引爆计时炸弹

扰乱单纯善良的民心

搞坏人民的道德，制造离婚

并且终会引诱人民信仰异教的神？

"实在太可怕了，事实证明

这贪吃鬼严重影响了我们的消闲活动

商业捕鱼的谋生！一定要认真对付！

内务部长宣布：严禁进口

带生鱼旅行的人判坐牢六个月

海关随时没收生鱼和它的卵子

彻底毁灭，总之人人得而诛之

"马里兰州的官员

正请教科学家怎样把它灭绝

打算在所有的湖泊落毒

推出了宣传广告、电视节目和运动制服

所有人入境都要检查鞋底

军队取消假期候命

据说必要时不惜出动核武器

"实在太可怕了，必须维护

湖泊的纯粹性、大国的尊严！

必须铲除这种严重威胁我们生态

威胁我们信仰的异端

在敌人散播谣言扰乱民心的当儿

尤其必须迎头痛击

不惜一切向敌人宣战！

不惜一切向生鱼开战！"

非典时期的情诗

要来的人不能来，要去的
旅程未知能否成行
静止在这里，有些什么
在肺里发热，怀疑的细菌
蛀食你，蚀成了两瓣
疏落的叶子，喉咙在发痒
忍住了许多睡不着的夜晚
不敢咳出来，怕惹起周围
恐慌的目光，脚步沓杂
四边的座位在一刹那撤空了

　　　　　　　　　　蔬菜的政治

在桥底才用木屐打过小人
用白虎和猪肉安抚惊蛰的季节
霉雨潮湿的墙壁守候了一个春天
等的是要来的没有脸孔的
恐惧？多年潜伏在陌巷的转角
在门窗破旧的裂缝之间的什么
在一个没有月亮的夜晚
袭击我们胸中最黑暗的角落
呼吸变得急促的夕阳
映照在金属大厦的玻璃幕墙上
一层病弱者回光返照的红晕

其实都在同一条船上，何必
尽在咒骂邻座的人？
金属喉管或已生锈，积滞的
思维没有好好疏通
秘密没法永远隐藏在地下了
你的非典型地扩张的热情

一下子公开在冷漠的眼前

戴上口罩，不见羞愧或鄙夷

自嘲的眼睛也自悯，隐藏了

但也同时显露了那么多

我写信给你：体温恍惚

写字的时候病情或升或降

文字只能面对无尽的孤独

在颓唐自弃中辗转反侧

荒废的时光中我们成为了思念

看不见的亲人互相怀疑

隐藏了的脸孔转向愤懑还是感激

总有彻夜不眠的人抵抗狙击

当他们病了，我也是病了

是一曲漫长的音乐，起伏转折

我们彼此合奏到终场

从滑坡的地方开始学习忍耐

在隔离的病床上想念彼此

墙外的人目光想穿透墙壁

看见墙内人模糊的形象

世界是一具隆隆的机器，触手

冰凉，你摸索修理坏了的零件

在倾斜的屋梁下尝试站直身子

我里面还有你相信的一部分

也许终不会完全被病菌所腐蚀

我仍要有日与你在阳光下相见

刚听见你的声音，一下子又消失了

是船只在雾中呼唤彼此吗？

远方再一座城市失陷

多年积存的文物毁于一旦

最脆弱的不知是内心还是外壁

可是龙卷风过后，大桥的支架倒塌了？

不，仍有车辆在大桥上掠过

雾锁的对岸再现小镇的人家

明天，我将会再见到你吗？

经过了这一段炎夏的梦魇

你我可会对彼此更加仁慈？

　　　　　　　　　　　　　蔬菜的政治

我是一个绿色的巨人

The Incredible Hulk

我是绿色的巨人

不知道为什么

当我愤怒

我的皮肤便会转成绿色

我的身体变得巨大

我的外衣挣破了

鞋子挣脱了

一个愤怒的我

愈变愈巨大

你不要再欺骗我

不要再当我是无知的

蔬菜的政治

不要以为给我一点好处

我就会给你摆弄

不要给我空言

答应我一切将会安好

我知道不是这么简单

不要惹我生气

我不知道谁是我的父母

谁在我的基因里混进了奇怪的东西

谁把一个模糊的未来注进我的血液里

谁把我变成一个心理的特区

谁把我绑在实验的床榻

然后在我脑里通电

在所有来自四方八面的嗡嗡声中

我竭力保存平衡

不会受谁的唆摆

但你不要再嘲弄我

不要再说轻蔑的话

不要当我不存在

不要激怒我

我会变成绿色

我会变得巨大

十万、二十万、三十万

四十万

五十万倍那么巨大

捉鳄鱼

他偷偷换来一尾欲望

一次私人的出轨

一种走私得来的快感

他把它养在铜盆里

它的尾巴很快长出盆外

他把它养在鱼缸里

它吃光了所有其他小鱼

他把它养在浴缸里

它最后横跨在地板上

几乎吃掉他的脚板

可怕，这些私人的秘密想象

怎么一下子变得这么可怕

他只好用地毡把它卷起

在夜半无人的时候

来到堆满货柜的天水围

来到废弃的农田背后的河边

把浑身弹动的它扔回水里

一宿无话

后来过了一些日子

他开始从电视里

听到它的消息

它是神出鬼没的幽灵

它现在变成城市的威胁了

警察和卫生帮办去捉它

没多久澳洲的鳄鱼先生

飞来岸边夸下海口

带来西方的科技文明

在飞艇上挥动渔网扬威

　　　　　　　　蔬菜的政治

吵了许久结果无功而退

只怪东方的鳄鱼缺乏修养

不按西方文明作息

来自祖国乡下的阿强大爷

习惯了土法炼钢

觉得可以用乡土秘笈

把它手到擒来

大家满心期待

却又只怪殖民地的鳄鱼

长久缺乏高尚的修养

未能响应爱国的号召

小市民在岸边摆茶档

租望远镜给旁观的游客

言论的领袖口沫横飞

大气里高声谩骂

报纸上专栏互相攻击

谁也没有想出更好的办法

它还是潜伏在那里

偶然露出水面

引起一阵新的骚动

蔬菜的政治

执个橙

阿苏苏

偷钱买松糕

有粉唔搽搽镬捞

有帽唔戴

戴个烂沙煲

行行行　行行行

行到街边执个橙

橙好鲜甜路好行

椰子夹酸姜

鸡蛋捞埋十五样

隔离婆仔烧炮仗

问你响唔响

唔响打阿苏两巴掌

行行行　　行行行

行到街边执句话

话好盏鬼路好行

阿苏公　　唔知搵乜东东

买碌蔗　　又生虫

买个饼　　又穿窿

成日喺垃圾堆执竹筒

垃圾堆里执出奇怪梦

（2004 年改编自香港童谣）

　　　　　　　蔬菜的政治

更衣记

你把我脱下来换上另一个人

你说更欣赏外国的牌子
谁换上大衣你叫他波士
谁换上号衣你叫他堂倌
你喜欢穿上制服的猴子

他把你脱下来换上另一个人

今天我穿上了一个炎夏
今天你穿上了一个国家
今天她穿上了一个年龄
今天他穿上了幢幢魅影

我们不断在换衣服衣服不断在换我们

没有能力去改变法制
我可以改变裙子的长短

慢慢地换衣服慢慢地换衣服
一件衣服换了一个朝代

慢慢地换衣服慢慢地换衣服
一件衣服换了一个世界

没有能力去改变股市
我可以改变衣领的形状

我们不断在换衣服衣服不断在换我们

从唐装衫裤换上西式衣裙
从工厂妹换上白领丽人

蔬菜的政治

把逝去的香烟和灰烬的味道

把收集的心和秋天放衣袋里

她把他脱下来换上另一个人

今天你穿戴了新的身份

你的头发烫出新的内容

旗袍下摆招展新的身体

新的耳洞钻出新的灵魂

我把她脱下来换上另一个人

（2000 年底文化博物馆开幕演出）

红白蓝

红白蓝　红白蓝
这么寻常的颜色
料子这么寻常

在建筑地盆一角
挡住了烈日和暴雨
在街头的小摊上
保护了新鲜的水果
在回乡的人龙间
承载了臃肿的亲情

　　　　　　　　　　　　　蔬菜的政治

蓝白红　蓝白红

白得这么柔

蓝得这么土

又红得这么韧？

可以撑得住多一刻？

可以抵得住多一份压力？

可以承载多一点内容？

红红红烈日下褪色

白白白话愈来愈少

蓝蓝蓝老在灰尘里

可否重组红蓝红蓝可否可否

裁剪蓝白蓝白成为新的衣裳？

说出说出白红白红新的语言？

红白蓝示范单位

艺术家"我是山人"（黄炳培）喜欢用红白蓝胶布做他的材料。香港人大家都对红白蓝胶袋熟悉不过了。过去大家回乡探亲，要带的东西一多，自然就搬出红白蓝胶袋。大家觉得它不好看、老土不够时髦，但却坚韧耐用，盛量也较大，确是有事帮得上手的钟无艳。我们平日走过建筑地盆，也常见人用这种红白蓝胶布来做外围的遮布和檐挡，简直是我们最常见但又最容易被忽略的材料。

我是山人想到用这种材料来做艺术，真有意思！他之前已经在设计方面用过这种材料，也在餐厅和画廊用它来做展览。2003年底（10月28日至12月7日）李家昇、他和我三个人在城市大学做了一个名为"关于香港2，3事"的展览。我是山人又用红白蓝胶布来做了整个示范单位，墙是红、白、蓝，桌子椅子也是，床也是，连窗花剪纸也是。我跟李家昇合作做的是九首名为"香港2，3事"的诗和映象，见黄君玩得高兴，便也和他一首红白蓝诗！黄君照样把诗用红白蓝胶布剪裁，放在他的示范单位前面！

　　　　　　　　　　　蔬菜的政治

十四张椅子

你微软的靠垫承受住幻镜中兴奋与颓唐的起伏
蜃楼隐现，商贾善舞的长袖幻变广厦三千
眺望已不存在的火车站，想象更远的长征
历史坐在那里与大地见证人间不断窑变的斑痕

你若是一张椅子，承受过整日呆坐工作的白领
安慰城市里失意的流浪人，收容街头的浪荡少年
在战火间让难民休憩，何妨开放包容更多
避冬鸟儿的灵魂来过冬，园里有倦飞归来的荷兰人

钟楼已是黄昏，音乐厅里传来乐章的片断

挽住行人匆忙的脚步，撩拨麻木的神经

那另一人的创作，想告诉我们的是什么？

长期承受筋肉酸痛易令人消沉，但你若不站起来

又怎可以扶持他人？我终见你带着去夏的希望连着挫折

在冷雨湿雾中颤巍巍站起，攀援抵达自己的位置

（2004）

椅子的故事

2002 年在新视野艺术节，跟刘小康诸位来自八个不同国家的亚洲设计师合作做了一个诗与装置艺术合作的节目：《亚洲的滋味》。后来还有潘少辉的舞蹈，彼此可算合作愉快。刘

小康君常有不少好主意。最近他又找我，说想在文化中心前面做一件公众艺术。用的是他常用的椅子的题材，一共有十四张椅子，由颓倒到直立，想我在椅背写一些诗行。

我听他说的，觉得有趣。又想到若真能成事，椅子的位置，正好在文化中心前面，在半岛酒店对面。尖沙咀人来人往，构成了一幅都市的众生相，即使不能成事，想想也是顶有趣的。

后来诗写出来了。我用的是椅子的意象，假设不同的椅子、承受不同阶层的人坐过。亦联想到文化中心的位置：对面的酒店、附近的码头、旧火车站、音乐厅、展览馆、花园、路人——香港的众生！既然有十四张椅子，我就索性写一首宽松的十四行，从颓倒到勉立！

富士拼贴

（2003—2006）

蔬菜的政治

清酒与天妇罗

记与藤井教授共饮

品尝来自不同地方的清酒

每个乡村有它独特的佳酿

辛辣与甘美招致不同的读者

需要耐性的学者好好咀嚼

温文地研究它们的特性

到最后发觉冰冻的冰淇淋

也可以炸成滚热的天妇罗

食物的变化里充满惊讶

文字何尝不也如此?

富士拼贴

舌头总有无尽的探索

雷霆与夜空的肚皮

爆裂成玫瑰的嫩瓣

蜻蜓与昆虫的触指

探索火山熔岩的温度

在白天与黑夜之间来回

偷渡夕阳的余温

从一团模糊的棕衣底下

猜测他们原来的形状

忖想他们独特的个性

一个命途坎坷的女译者

一个社会边缘的文人

一些跨过边界而被两边遗忘的名字

我们在流行的蔬菜以外与他们相见

发现他们心中的甘甜

蔬菜的政治

细味大吟酿一边倾听：那可是

米粒煮沸时发出既辛又甜的吟唱？

我们饮下去就知道冷暖

（2006）

与高尔基看曼波女郎

旧俄的那位作家

一定没有你那么潇洒

你老爸改的名字

可不是要你背起十字架

亲历社会底层的故事？

来自东京的班哲明

在符号帝国以外漫游

发现了形式主义的贫困

与我一同欣赏葛兰的歌唱

在异乡亭亭成长的音乐

如何去寻回诡秘的生母？

　　　　　　　　　蔬菜的政治

观看天后在天台冉冉而降

简直叫人叹为观止

电影到底并不就等于现实

不过也许没那么容易

就等于脱离现实

穿着西服的男子喝下午茶

打网球或是看九点半

Mumble rock rock mumbo

一枚挂在枝头的风筝

在现实与脱离现实之间

你吃多层的三明治

一个女子野性的歌唱与吼叫

我们老是对颓废的东西惊艳

你要喝一杯 Grappa 镇惊吗?

对政治不正确的东西

充满了好奇,你要煮

最乡土的意大利菜?

他们总又会说

富士拼贴

美味的酱汁是逃避现实的

可是你这二十一世纪的高尔基

眯起眼睛打量这沙律一眼

吃一口五味纷陈的现世

举起杯来，说

干杯

（2006）

　　　　　　　　　　　　蔬菜的政治

富士山

白皑皑的一个存在
在晴朗的早晨突然显现又消失
总似是我们永远的追寻

天空中堆雪巍然隐现
无尽的巨灵只露出炭黑灰岩轮廓
在浮云与积雪之间

沿一段隐秘的路走过来
这一刻我们立足的黑土只翻出
干叶以及无尽的枯草

枯槁的枝丫伸展向天

山后的云团团涌起白茫茫一片

我们永不了解的神秘

化学工场的毒气消失了吗？

一族人野心的建设如今都履为平地了

黑土里还会翻出致命的氛氲？

村民不喜欢外来者问路

为什么老要追看大地的疤痕，何不让

一切隐没在朦胧的美里？

远处袅袅轻盈淡彩的挪动

一笔一笔涂抹在丰盛的虚无上

是要描画还是要取消形象？

我们踏足在人心交界处

长途的寻觅却来到这片荒坟，一脚踏入

　　　　　　　　　　　　　　　　　蔬菜的政治

虫蚁争战的野穴，仰望浮云的平和

优美山肩雪的弧线似比白云更洁白
底下黝深的内里有层层邃岩幻变光暗
在爆发与安憩间不断变化莫测的心

（2006-04-04）

富士拼贴

长　崎

一切都不过是偶然？
只不过因为那个早晨
晴朗的天空没有太多云雾
巡逡侦察的不难瞄准目标

从高空掷下致命的雷电
劈开你的心脏

开启了的可惕可溺的心
最初闻到的咖啡香味
现代化的幻象

　　　　　　　　　　　　蔬菜的政治

文明的绅士

我们明天的可能

许多个故事炸丢了尾巴

山坡上柔韧的衣带

日夜守候远航归来的船舰

餐厅老板为留学生准备一碗面

异国迁来的老百姓聚居山坡

墙上有他乡昔日的老照片

所有海港城市的廉价小说

老唱片转了又转

纯情的连续剧剪碎成荒谬的拼凑

搞乱了什么是因什么是果

爱情是最大的暴力

在茫茫人海中就认定一人

把你一生的要求

富士拼贴

强他兑现

悲悯的糕点　　痛切的樱花
泪中反思的智慧
展览各种科技的模型
可有武士的幽灵颤巍巍站起

一切爱情悲剧都是注定的
自从你从窗子望出外面
自从你想要更多

（2006 年修订）

　　　　　　　　　　　　蔬菜的政治

在百花之间

记向岛百花园

面对一树绿叶

想象春天的梅花和晚霞

在叶丛间摸索一枚梅子

总有那么多年轻斑斓的心

善变的花朵

不断变化它的颜色

天空开出冶艳的红花

在澄澈的夏夜点起灯笼

富士拼贴

湖水也跟着点起灯笼

没有顾忌地伸手向世界的草丛
从灿烂的红花底下采一片大叶子
尝尝未尝过的蘼梗的滋味

只是一个空空的花棚吗？
到了秋天就长满了小小的
温暖的白色的萩花

在花间的小径漫步
未敢问百花借一点颜色
却已沾染了旧年的衣裳

雪地上归家的人影
冬天的夕暮
也就是花朵的黄昏

蔬菜的政治

富士拼贴

也该回去了，日影渐移

逐渐更喜欢清淡的口味

偶然举头与一株树相见的欢喜

（2001 年 5 月—2002 年 5 月）

蔬菜的政治

满山红柿

从一枚柿子身上

看见一天的日影风声

这儿的水流得深沉

向南有温和的阳光

是一幅成长的好地方

我是种柿子的农民

采撷以后削皮风干

总会留下三三两两

守在树枝上的红色

留给路过的馋嘴鸟儿！

富士拼贴

最先我们用手削皮

然后发明简单的机器

削出连绵的柿皮

一道弯曲的马道

连起古远的静默晨曦

直至来了更新的机器

把我们带入新的游戏

梦想通了电进入新时期

邻居的大叔和大娘

在电子歌声中先后作古

我仍是满山红红柿子

采下的柿子连成一串串

在迟迟的下午独自风干

活生生的图腾

一串串袒露在风中

　　　　　　　　　　　　　　　　蔬菜的政治

袒露在风中成形

风老在不停地吹

不怕风紧不怕风尖刻

愈是尖刻的风吹

里面果肉变得愈是甘甜

（2002）

下田旅次

夏日早晨醒来有阳光和蝉鸣
静寂里是谁在跟你说话吗？
好似有遥远的电话声，楼梯上
有脚步声，旅舍主人该煮好早餐了

黄发黑肤的女子泳罢归来
带着太阳和盐的气息
开国的舰只搁浅在路上
历史腌渍在博物馆里
看你今天想吃生鱼还是熟鱼

蔬菜的政治

阿婆的小铺里有最甜的葡萄和桃子

大眼睛的金目鲷温柔地看着你

等着你去细尝它的鲜美

观瀑归来，黑夜的天空升起点点烟花

引领你去看天幕上点点星星

（2003）

富士拼贴

野边山的房子

你说我以后记起这房子
一定是连起这潮湿的雨天了

不，我记得更多的东西

山上路旁的小店
有最美味的手打荞麦面

我们在雨后的山中走路
不时在树旁停下来
寻觅各种奇怪的野菌

　　　　　　　　　　　蔬菜的政治

饭桌上我们尝炸草蜢

还有蜂之子

像施洗者约翰一样

前卫漫画家白土三平

如今隐居跟打鱼人在一起

告诉我们海蛇的煮法

石头中的秘密

马粪石和蝎子

还有各种奇怪的野菌

你端出豆腐渣做的传统寿司

江户时代以前老百姓吃的东西

饭后我们看一出电影

一个被人遗忘了的导演

你把它们捡拾起来

你说她爱看带雾的高山

富士拼贴   141

你却在寻找雨后的蘑菇

美丽或者甚至有毒的？
土黄色像刚烘好的面包
朴拙奇怪总有自己的形状
圆形胶质里勃起的圆棒
永不低头的生命

不喜欢市场上常见的泡菜
你端出自己腌的青瓜和野菜

雨中的房子里
包容了这么多东西

（2003）

　　　　　　　　蔬菜的政治

兔吉与我

窗玻璃上有狗儿的身影
与我一同瞭望窗外树丛
露台木板上的水渍渐干了
落叶黏在木椅旁边
偶然云层移动带来光影
是要放晴了吗？

也许我们可以去洗温泉
连日城市中的疲累
泡在热水里身心得到休息
在高山空翠欲滴的林间散步

我们一起寻找古怪的蘑菇

雨后树干旁一块神秘的巴掌

草丛间点点脱轨掉下的流星

不知听到什么声音

兔吉吧嗒吧嗒地跑到露台去

勇猛地乱吠

是头有性格的狗儿

昨天本不愿意去散步

主人说它固执，那么奇怪的个性

想做的事可却又不直接去做

日光消失了

树丛的深处有雾气

那里有我们寻找的东西吗？

有时固执地乱走结果迷了路

有时犹豫错过了想去的地方

不愿回头走旧路，结果

　　　　　　　蔬菜的政治

愈走愈远回不去了

我们走过林间小路，在湖边流连

没找到什么特别的蘑菇

一起看枝干摇晃

飘下一片叶子

（2003）

女侠红牡丹

要当藤纯子真不容易

在一个男人的世界里

低头温婉说着规矩的敬语

送一把伞传去手上的温情

那男子却要肩负他的责任

宁愿在监狱的窗口看樱花的姿容

既要教训大学生不可参与黑帮复仇

又要穿着和服卷起佩刀

准备去大战四方

总有那么多不容易实践的诺言

　　　　　　　　　　　　　蔬菜的政治

总有那么多道义在雨中变得泥泞

火车的蒸气迷蒙了眼前路

即使有仰慕的人为你撑一把伞

有情的人回赠你一把伞

下完了雨又下雪

伤感的歌声里一把伞传来传去

男人的砍杀还是没完没了

一张张绷紧的脸孔血流满面

要做高仓健就得忍痛离开心爱的女子

要做受人尊敬的帮主就得死撑着

受了刀伤还得硬挺着喝下一大口烧酒

把百年的礼仪维持下去

可传统的献金又给人抢去了

让你一个孤独的女人上路去收拾残局

年轻的多情种子不断在哭

富士拼贴

盲了的女孩终要重见光明

既要当杀手又要你当温柔的阿姨

愚笨的男人老在砍杀乱了一切规矩

现代火车的蒸气朦胧了眼前路

要当一个女侠红牡丹可真不容易

（2003，看加藤泰1968年

《绯牡丹博徒之花札胜负》有感）

　　　　　　　　　　　　　蔬菜的政治

异乡的餐桌

（2001—2006）

在雪美莲家吃晚饭

吃过什么已经记不起来了
许多年没有遇见的朋友
我们阅读你十五岁的文章
曾经刊在现已发黄的周报
心仪一个又一个英俊男子
我们笑饱了
吃过了晚饭吗？
整晚老在照顾
自己和别人的孩子
他们有他们各自偏执的胃口
我们笑我们自己年轻时的傻事

异乡的餐桌

从那时开始

一直从法国电影里看到

不同的东西

我伏在地面想去听地球另一边的声音

你渡过几重海洋

失去了母亲的言语

想把弄另一种，视觉的言语

每个人都年轻、偏激、说谎

不知如何安顿自己在一张餐桌面前

你也曾学习《断了气》的街头俚语

坐在演讲室最后一排

听卢马讲帕斯浮、片场和中世纪的音乐

幻想是这头发灰白的高瘦男子的学生

什么时候开始

安静地喝一杯又一杯的茶？

在老一辈艺术家纵容的爱中长大

我们编织不同的东西

编织种种意象和声音

蔬菜的政治

成为一所房子舒适的地毡？

或者那是经历了许多事情的人

用来掩藏自己的面纱？

我们憎恶与颂赞这个世界，同时

我们吃了什么呢？

如今你忙进忙出

时间在色拉上浇上美味的汁液

耐心和理解不断的挫折的爱心

令意大利面条柔和又执着得有嚼头

一直吃下来，对每个人都照顾得这么好

顾着谈话，顾着笑

一眨眼时间过得很快

我记不起我们吃过什么了

（2001）

异乡的餐桌

啤酒馆

这啤酒馆里有各种啤酒

有店里独家制造的

平易顺喉的

甜美的

味道奇怪的

尖酸的

也有不冒泡沫的

平静的啤酒

走累了，我们坐在这里说话

在我们看不见的地方

　　　　　　　　　　蔬菜的政治

有些秘密的容器、盘卷的铜管

通往无数冰凉的浩瀚的海洋

每一种来自一个特殊的产地

有个黑色大衣的神秘蒙面创造者

每一种啤酒

都有一种性格在背后

走过太多的路也就累了

你问我找到要找的吗?

我尝过年轻的和成熟的

有时也给呛住了

总有太甜腻和太苦涩的

坏脾气的

占有欲强的

崇拜泰山的

喜欢万里长城的

它们喝我一口，然后摇摇头

总觉得不是它们心中的啤酒

异乡的餐桌

我们从城市的一端走到另一端

办了太多事

遇到太多的人了

静下来谈谈天

不是很好么？

你是美丽又刺激的新酒

我是不冒泡沫的

平静的啤酒

（2001）

异乡人独对美丽的餐桌

鸡刚好烤到最适合的地步

酒呼吸到最迷人的状态

鹅肝被红、黑和淡黄的

衬碟的配菜包围

软硬正好适中

外面塞纳河上吹来的冷风

叫人睁不开眼睛

你避开了

水晶吊灯在落地玻璃上

化作点点昏黄的回声

绿树林中的眼睛

隐没在荆棘丛中

悠扬的音乐开始响起

茫茫搜索的一段路

又冷又累的

你不走了

玻璃反映一张清秀可爱的脸

累积多年优雅成今日的石膏

天花板上粉红的衣袍里

有呼之欲出的

起伏的肌肤

你低头看着白色餐桌布上

依礼仪排列的一排排

银色的刀叉

（2002，"十九世纪的餐桌"展览观后）

南西姑姑

南西姑姑是我的偶像

她教我们抽烟、说粗话

她的电话被人偷听

她在小巷被人跟踪

她总在灾难的旁边出现

她为受伤的人裹上绷带

她给革命者一杯美酒

老美都不知她在干什么

谣传她是同性恋者、革命党人

为 CIA 还是为共产党工作？

南西姑姑是我的偶像

她老是神秘失踪

她给叛逃国土的人做翻译

她给潦倒的逃命者煮一餐美食

她说她只是个爱玩的女人

她知道最多菲腊·史德的谣传

她与友人交换香水的八卦

她带我走遍巴黎的商廊

她记得母亲的上海话和旗袍

香港的历史不大清楚了

她口中上世纪的中国充满了暗杀和阴谋

如今她空闲带我上阿尔及利亚饭馆

她知道巴黎最时兴的去处

她出现的都是最好玩的派对

南西姑姑是我的偶像

（2002）

异乡的餐桌

抽象艺术的起源

一切的开始

都有理由吗?

我就不明白你的城市

为什么老下雨?

为什么老有一扇灰色的墙

在彼此的背后

是由于歌德的颜色理论吗?

我细看一幅蓝色

看见了朦胧的人形在舞动

可不可以用大大小小的图表

去分析清楚？

从哪里算起，追溯到哪里？

我们追随月亮消逝后亮起的晨光

看见城市展露了一个微笑

追随内心曲折的小径

迷失在地图没画上的一区

然后雨就落下来了

这是什么逻辑呢？

老等着红灯转绿

把一件沉重的行李

搬下楼梯，搬出行人道

我们追随地下车的节奏

这会产生新的音乐吗？

仿佛是挥舞的手势，变成了

线条和色团，各有不同的意义

沉郁累赘的雨天的疲乏旅程

这么多人等待在车站里

张望牌子上的列车时刻表

匆匆到站的车影

我欲留住蓝色外衣里

鲜艳的一片红色

（2003）

　　　　　　　　　　　蔬菜的政治

一个亚洲人在洛杉矶机场

没想到一切都像大了一个码

面包像小山一样，沙拉是树丛

刚才那位把守海关的黑人

巨无霸一般俯身下来摸遍他

全身，幸好没什么在金属棒下

发出鸣响，真是没什么办法

只缘主办当局买了美国航机的来回

他只好在这里转机体验体验

巨无霸不让他就这样离开，要翻遍

他的布袋，对日本诗人的袋装诗集

投以怀疑的目光，没从里面找到匕首

异乡的餐桌

或许有点失望，鄙夷的大手

弄皱了卷起来的东洋画也没说对不起

最后还是放他走了，还好

离上机还剩下半小时，可以让他

在这儿喝一盆汤——也是这么巨大

在周围大家都好似吃剩许多东西

电视荧幕上正播放周日的精彩节目

预告：家庭主妇都是绝望的

洒水龙头溅湿了全身，都想脱去忧郁

跟隔壁的梦乡偷情，音乐轰天动地

响起来，每个人都在健身

真的，身体，占去眼前最主要的视野

十个捧球员扭成一团，老板娘过来

想知道他是否要继续消费

他抬头看着角落里苦着脸的

印第安人彩色木塑

相对无言

（2004 年 12 月）

柏林的四月

来的不是时候，朋友搬了家
旧日认识的人离开了城市
或者刚动程去度假
四月的天气，他们说
是你无可估计的温度

独自走过空敞的马路
店铺关了门，是星期天
傍晚的路上有风，有点冷
以为于我亲切的城市
其实漠然，每次不过是因为

异乡的餐桌

有人在罢了！朋友开会回来

煮一顿晚饭，坐着对饮

曾经看灰色的风吹过残垣

温和了的颜色生出陌生

又熟悉了，桥下河水滔滔流过

整天我们在画廊之间打转

在繁华的新广场寻找，闯进

余下唯一一个未装修的地方

空室里有艺术家用试管煮沸开水

升腾的蒸气撩出断续对答的乐音

再几个月，这儿也会变热闹商场？

走到连尼恩街看艺术家的魔术：

未收拾的早餐桌面、未整理的床铺

忽然某种神秘力量把人们卷走

余下红色尘土上点点撒撒的痕迹

　　　　　　　　　　　　　蔬菜的政治

我们在窗前讨论诗句怎样翻译

成为另一种文字，生长不同的生命

树叶跟昨天不同：你怎可以老要求

逻辑的联系？正说着，窗外

飘下白色的雪絮溶进四月的诗句中

（2001）

异乡的餐桌

沿莱茵河前行

火车沿着莱茵河前行

闪光的汽车在追逐

绿色的树丛，一排排

河一拐弯告别了一族房舍

现在已不知你在何方

高矗的教堂进入我的眼帘

高山上再出现守护的城堡

时间让人们治疗伤痛

绿树与草坡抚慰流水

从两河交界的地方

　　　　　　　　蔬菜的政治

来到独自奔流的旅程

脑中残留什么印象？

那时国家的疆界还未形成

战争犹未发生

新酒还未在季节中成熟

潮湿炽热的欲望在汹涌

还未进入一幅新的流域

河流还未开始老去

日暖和凉风都是好的

那么憩静的小城

一个我们可以安居的地方

灰云凝聚在天际

古堡孤立山头探索变幻的天空

透过迎面火车掠过的夹缝

黄墙光影桥下瞥见河的面貌

密林中有一辆汽车在前行

隐去了又再看见它的白光

我们永远在水流之中

昔日曾有熨帖的流淌

在转弯的地方开始伤害对方

一转眼山已失去了彼此

围墙建了又拆

逝去的亲人不舍地下葬

我们只能迎接眼前

绿色的树丛，一排排

（2001）

　　　　　　　　　　　　　　　蔬菜的政治

莱茵河畔的兵马俑

原以为你们会在莱茵河畔

在微雨中肃穆地排开站岗

放逐到边界戍守的寂寞士兵

怀念远方家乡妻子的臂弯

今日我来寻找你们

却寻见了许多龙凤的旗帜

众生挤在湖畔公园帐篷里

梦想重塑一个千年的墓穴

你似在沉思，你收敛了笑容

许是把愤怒或激昂转化

成一点淡淡的凝重

你的执着成了黏肉的盔甲

葬入深远的历史又再挖掘出来

不能说没有各自的神貌

但是在异乡观看的眼中

怕都只是没什么表情的中国人吧?

由于帝王的野心,由于他恐惧

寂寞,把你们凝止在这样一个空间里

埋入泥土,你可更认识空气

在墓穴里,你可更清楚聆听海洋?

金发女子目光来回的扫视下

你的左臂粉碎了,你不理解

温柔的战略, 那些婉转的言辞

礼貌的周旋里你显得何等笨拙

蔬菜的政治

没有语言能够追随这些扭曲，难道可以
夸耀你经历的历史比别人更加血腥
说你有更多的饥荒与灾祸，你的帝王
比别人埋葬更多儒士和书本

远古的赤泥塑成待价而沽的玩偶
连魅魃带回家去。在佳酿的异乡河畔
你会突然策动一场血腥的叛变吗？
僵持的手有日会把刺刀戮向谁的心脏？

从河边吹来的和风
可会熨帖你重重挫折的胸怀？
心中陵墓重门扣藏的千年暴戾
可会有一日在阳光下融化？

（2001）

异乡的餐桌

谷仓中的音乐

挖空了泥土，从水源引水

灌成一个池塘

每星期运来了泥土

逐渐筑成了山坡

在坡顶盖好亭子

你合掌拍击，骄傲地

让我们听那美妙的音响效果

拨开枝叶，让我们看见

石像的口中流出清泉

淤塞的再舒畅流动

傍晚的时分大家都来了
堆放禾草的谷仓改建成音乐院

昔日是灰沉沉的合作农庄
今天面对到处商业化的新楼
你徒手创造一个空间，让我们
在星空底下听一曲乐章
鸟儿在空中唱一个协奏的音符

（2006）

Limes

怀德国友人 G. M.

你指给我看昔日罗马人留下来的边界
倦游归来，问你这字的意思
你耐心地为我们翻开大字典

来到了土地的边界，那里昔日有
围墙和碉堡？外面是无穷的可能和
危险？多少次我来到路的尽头
国家疆土的边界，个人知识的边界
日常感情起伏的边界，举步犹豫……

但愿你还在这儿，温和地微笑

蔬菜的政治

回答我无尽的问题

关于人生中各种飘浮的字辞

你手上好似总翻开大本的字典

你是古典的廊柱，优雅地支持这个世界

吹奏单簧管，抚慰并平衡我们的偏激

手搁在驾驶盘上，稳当地把我们带到

要去的地方去

我如何可以接受这突然而来的噩耗呢？

荒谬的意外把一切抹去

我们不再活在理性的范围里面了吗？

曾经指给我看路旁城市的风景线

如今纵横公路上的交通竟也伤害了你

你这不介意越过边界支持芸芸众生的

如今真的越过我们所知的边界

愈去愈远了

异乡的餐桌

仿如天鹅沉进水的新凉，人醒在时间的那头

愿你在边界的那边，找到另一所音乐农庄

更优悠地玩你的音乐

（2006–09–10）

蔬菜的政治

即

事

（2003—2006）

罗马机场的诗人

那另外一位客人是谁？

坐在候机室里，将要与我

同时转机往斯洛文尼亚诗歌节。

诗人，有明确的记认吗？

肥胖，还是纤瘦？

是男？是女？

将要在山洞里念诗

行动诡秘如一个间谍

在众人的喧哗中默默记录

转眼就会晒干的雨的痕迹

即 事 　　　　　　　　　　　　　　　　　　183

假装买一个牛角包

其实是想体会面粉的温软

可以发展的形体和线条

口感以及其他

他假装坐在轮椅上

为了感受肢体不能舒展的限制

他笨拙，思想比脚走得快

他不像是那个戴黑眼镜

穿破牛仔裤和银色凉鞋的

他不一定有那么时髦

穿一件探长的长外衣？

他的确留意所有的细节

拿一个烟斗，那就未免太表面化了

他是秃了头，穿一件可笑的红 T 恤的那人

谁说不可能呢？

蔬菜的政治

有一双锐利的观察的眼睛？

腼腆是为了老想保护住内心的一点什么？

读报，穿少年时就开始穿的球鞋

穿一件无领的黑毛衣

戴黑眼镜，够酷

还是拿一瓶橙汁，故意扮作平庸？

一半想逍遥飘逸乘风而去

另一半把自己扯回地面

穿黄色运动衣的短发男子

正聚精会神地用手机

给上帝发短讯

这位女子穿了一条特别长的长裙

一定是把所有诗稿

都收到裙底的褶缝里了

又还是那个穿橙色连衣裙的胖女子？

她把两个不同的人挤在同一个身躯里

（2005 年 9 月）

即 事

初冬日内瓦湖畔

著名的喷泉没有高高扬起

小艇都搁起来了

那汉子在吊高的船上工作

他钉钉锤锤，低头卷起布帆

检查绳子有没有损坏，把它卷成一团

他好似在维修，放好一切

准备来年出海再用，在他后面

满天浓密的黑云

湖对岸还有阳光

透过云层照在楼宇的上层

　　　　　　　　　　　　　　蔬菜的政治

好似快要消失了

在这里看不见思想家卢梭的铜像

在枫树和白杨树

在来往散乱的车丛后面消失了

面对种种破碎如何执笔?

冬天的夜晚来得早

英国花园一列枯枝后面

还有黄色的树叶

留着丝丝快将消逝的阳光

另一些树叶坠落地下

已被践踏成泥

游人踏过

屋背涌起白烟

淹过后面的钟表广告

黑色乌群在灰色的天空盘旋

好似追逐最后一线阳光

从湖对岸坐船过来

问开船的人那有名的喷泉呢？

他说喷泉今天没有工作

只见岸旁船上的汉子低头

默默修补船帆预备明年的出航

（ 2004 年 12 月 ）

　　　　　　　　　　　　蔬菜的政治

我可是个明代的文人雅士

可以想象我是某个明代的文人雅士

生活在这些精致的文玩之间？

黄花梨插肩榫翘头案

青花蛤蟆水注

十八罗汉笔筒

整天坐这儿把玩这些难得的玩意

不必理会外面的党争与酷刑

闲时带着书童，由他抬起所有

粗重的东西，我则选择远眺

即　事　　　　　　　　　　　　　　189

山野的好风光：不是松谷抚琴

就是疏泉洗砚

风雅的友人把我细描入画

不知怎的就在历史中留下面容

清癯或肥胖的十八学士

看来活得不怎么耐烦，满肚密圈

或是面面俱圆带着细腻的微笑

让其他人去当反对派

绞尽脑汁去拥有珍贵的版本

或是价值不菲的绿天风雨琴

努力去表示自己

纵使有什么问题至少也不庸俗

总是世代的知音人

让莲鹭纹玉炉的

袅袅轻烟

　　　　　　　　　　　　　　　蔬菜的政治

随着京城的耳语

撩拨散涣的眼神

把大家熏死过去

不管是否又是宰相的儿孙高中

不管谁人被放逐或抄家

专注在一块玉

浑圆的线条

和所有的典故

想想也不容易当一个明代的雅士

庆幸重新建成的檐角和灯笼

不过是旧影投射在一幢异国的墙上

（2004 年 12 月参观 Musée rath genéve:

à lómbre des pins 松荫闲情：

上海博物馆藏画展）

即　事

从维也纳经慕尼黑往柏林

阳光和树影不断掠过

火车上暂时的一张桌子

我写字，几乎忘却了昨夜旅途的疲累

蜷曲在上铺辗转不能成眠

担心忘记了醒来，错过接驳的火车

呼吸好似出现问题，现在我已逐渐忘却了

这草原上圆圆的建筑物是

什么？一排排的树，进入我的眼眶

繁忙日程中一节安闲的憩息？

为何我要选择回到柏林？

前面的椅背后有烟升起

蔬菜的政治

即　事   193

我舒展四肢感到从未有过的舒适

现在我知我不喜欢卧铺

也许我也可以留在维也纳，几年不见的城市

有我还不知道的迷人之处

需要李察塔普教授好好的带领我们认识

我们来到这些金属的房子是什么

我们来到纽伦堡了

如果有时间我也愿意下去看看

这个丢勒的城市

你相信在这早晨你终会寻到一些句子

我是想回去看看那些土耳其市场吗？

现在火车停下来，好久没这么接近

去看草生长的姿态

时日累积成砖块优雅的形状

沿途寻找一个主题

维也纳的皇宫都洗刷得白白净净

把黑渍洗去有什么重新做人的企图？

平原上的云朵像什么？有黑云

让我有时间去观察天上的云吧

说到那些宫殿你看我这次来看见他们

洗得发白了，把历史的黑痕都洗掉了

我们去看不同的咖啡店

在日本拍的照片都变黄色，在柏林会变成什么颜色？

我们在中央咖啡店看见一位昔日的老作家

在那儿一张桌上还在写他的东西呢！

你知道有那么多皇宫真是一件好事

有空可以洗它一洗

你今天晚上睡在哪里？不用挤在

卧铺上忍受无常的冷气流

现在，该是收拾垃圾的时候了

我们期待一个愉快的下午

要去看色彩缤纷的市场吗？

找一个上网技巧高强的人

还有小河流水，还有断垣破瓦

即　事

每个城市不断在改变它的面貌
我们也是如此，沙沙的音乐声
伴着我们经过不同高低的树丛
然后是路轨，然后是路轨……

（2003 年 6 月）

蔬菜的政治

这不是你的火车 / 火车带你离去

"这不是你的火车!"

误了班,迟了十五二十分钟

不知是什么原因

早上的阳光初露,团团的阴霾里

露出洁白的新云,那火车站

上的光影,圆顶玻璃的窗格里

隐现了昨夜的云雾

发电的风车将会在层云下转动

旅客抵达一个城市,他疲倦的心

得到休息,他张开眼睛

看到了什么?一袭灰蓝的衣裳上

即 事

细细的暗花，商场里朝下望

深不可测的一个旋涡

窗格玻璃里反照每个人

破碎的欲望，你来到是追求

一些不可获得的东西，是欣慰

疲累后短暂的憩息，在熟悉的友人之间

在傍晚犹是白日的光影凉爽中走动

你在上次停下来的地方再听朋友的故事

现在，旅人等待的火车还没有来

迟了十多二十分钟，德国的火车不再准时了

票价又贵了呢，讲播在讲什么？

它在说，原因不明

经过了一段等待的时光之后

它又说，是由于昨夜的雷雨

一杆树被雷电劈倒

搁在电线杆上

（远处的风车在层云下晃摇）

　　　　　　　　　　　　　蔬菜的政治

耽搁了一辆早班的火车

那时我们刚惺忪醒来

到头来我要坐的火车，也不得不

被耽搁了 昨夜的雷雨

到底与今天的我产生了联系

几百年前阿兹达人祭司宰了牺牲者的尸体

把带脂肪的皮肤穿在外面

什么穿过你的脑袋

那神秘可以穿越上界和地府

能把你救出来吗？

戴上风神的面具就等于风神

不是这么简单吧，也颇简单的了

西班牙人来了他是那风神重回人间吗？

上帝他要去那儿死掉了呢他不死就是

不死鸟了有没有那样的东西呢上帝

什么是丁零当啷千多个故事同时进行

你有时偶然遇上了

即　事

你还在写吗，听到了

漏看了，举起了镜头却

没有拍的照片，在外面走过

却还未进去流连的地方

（2003 年 6 月）

　　　　　　　　　　　　蔬菜的政治

登　山

我们一直向上攀升

超过了高树的顶端

浓密的树丛，一切就在前面

气象万千那未来是眼睛

还未能到达的远处

有时我们停在中途

峭壁看似无法前进

穿过长长的隧道，黑暗中

一无所见，直至视线的尽头隐现微光

蔬菜的政治

雪山突然以它的面貌惊吓我们

令你回想，你在悠长的过去

做了什么？经过多少堆积与

剥落，历尽多少时日让渲染

落尽繁华，逐渐浮现自己可能的面目

那蓝色小花叫什么名字，

那黄色的牛油球，乡下人这么叫

那纤弱的色点，还未有

名字，随着冬尽冰雪融化

山底下的草还未长绿

要等到夏天，它们才发展出自己的颜色

远山的雪痕是隐秘的符号

我们面对横亘在眼前的群山

眼睛不知在哪儿停留　你可以选择

你选择僧人肃穆的面貌

抑或是少女恍惚的微笑

即　事

汹涌的热情不得不化为淡漠

在悠长的时间中

一张脸孔如何在不断的选择中成形

（2004 年夏天在苏黎世）

残　园

你的叶缘在不同季节任虫蚁蚕食
意欲改变荏弱的版图，期待生长
含苞待放的微红，只剩下唏嘘
不断涂改的蓝图：上百搭渡桥梁
如今只剩下绮春园这座断桥

昔日清波荡漾如今泥泞里尽是
历史的讪笑。图腾木腐朽了
黑暗中老难辨别你我的面容
皇帝想要靠仙人承露，储起
黎明鲜嫩就可永享朝阳？现世

兵戈却把你扯入泥涂，蓬莱三岛

搁浅在贪婪的腥臊气味里

沉迷于昔日宫廷中灯影嬉游的光彩

我们在黄花阵中再也走不出来了

难道还可以酣睡一万个春天的慵懒？

宫闱只余断柱，水注干涸无泪

珠宝与瓷玩只惹来众手的掠夺

嫉妒的红眼，放火烧毁宫廷的私藏

野蛮令人放肆以文明劫杀另一种文明

但伤痕的展示又如何可以生长出骄矜？

（2005 年 5 月北京）

台北即事

"我在纽约遇见来自台北的舅舅，"
张耳说。这似乎很可以成为一首诗的
第一行？张耳的舅舅遍天下

那边就有一位，正跟何金兰唱得兴起。
朋友，高兴再碰头，喝比利时啤酒
去年曾经听说你离婚的消息

听说影星打官司，电视导播闹丑闻
（又说你们这儿选出了新的十大诗人）
我倒是关心你们怎样了

我们如何继续阐释世界与家园的距离呢？
我在台北没有舅舅，也没有诗集
只是个过客，独自翻阅电话册厚厚的选本

密密麻麻的房子挤在一起各有说不清的关系
坐在你的摩托车后座横过台北市大街
去看阿克曼，确是近年最惊险的经验

肥胖的警察瞪我们一眼（他也是张耳的
舅舅吗？）也许是大诗人，炯炯有神的目光
越过我，望向今年最有希望的接班新人

这儿人多真热闹，各喝不同的啤酒
从淡黄到棕黑，蓝与绿在吵架
有人喜欢槟榔，有人更爱后现代的银紫

看完电影跟翠华喝酒谈了一个晚上
都同是喜欢阿克曼的人，剪成两个分场

　　　　　　　　　　　　　　　　蔬菜的政治

还是同在光影闪烁间继续生活下去了

我独自凝神聆听来自伊朗的一位诗人
断续的短句，没有血缘和同乡的关系
是文字里有些微妙的东西把我们连在一起

发明转蛋诗的清秀女孩
从楼上的栏杆守望底下的酒吧
朋友，你找到你的世界与家园了

到了后来，人家的舅舅说：要走了？
什么时候路过再喝一杯！仿佛最后一行
收结了他整晚豪迈铿锵的诗作。

（柜台上一个酒瓶轻轻晃动，带着异乡的变调
为世上某些私人角落卑微的原因内心栗动不止
完整的诗段以外也可包容更多无关的细节吗？）

（2006-04-07 — 2006-05-11 给 hh）

即 事

耶鲁感遇

和顾彬，赠康宜

一阵狂风吹去帽子

寻找未遇的书本躲进大理石图书馆

高兴簧墙内没有失去外面天光

记忆是绝版的珍本

却慷慨与我们分享，如二月的太阳

怎样把一颗岛上的红豆

翻译成白亮的珍珠

又怎样把异国校园两排树木

翻译成一对中国对联？

我们是不断翻过来翻过去的

　　　　　　　　　　　　　　　蔬菜的政治

轮转的花草、递增的名字

是需要有那样的空间
让生命在早上发芽，那迟迟的午后呢？
来自德国的诗人朋友老喜欢流连墓园
崎岖的路尽多，却有人记取湖上倒影
如何总令我们感知更大的存在

谁说是战士？不过是经冬的枝干
女桌年轮上有人骄傲画出自己的位置
记得旧日阿姨细密的缝工
也有童心随女儿与森林说新的话语
时光与文字来回交织的锦绣上
颜色丝线穿插押韵，相错又相逢

（2006 年 3 月）

吉石大道五十号

亲爱的家昇与楚乔

多谢你们邀请我来参加

新画廊的开幕礼，航机依时抵达

却早了两个月，吉石路四十八、五十号

还在进行装修工程，没关系，我们在心中

互相见证彼此生命中的重要时刻

尽管科学的时间并不一定与我们同步

总有参差，就像之前我整天尝试跟你先进的

电脑系统沟通，但它们太先进了

蔬菜的政治

独自完善自己，并不情愿与我对话。

就这样不也很好吗？过去都拆散

分布在地板的不同区域

电掣切断旧的纠缠，重新建立新的联系

房子正处于一种开放的状态

地板不怕袒露了心中的窟洞

屏障和防御的门户有待完成

我们从昔日的灰尘里发现自己的鞋印

我们从不完整的状态中张望

却提供了更好的角度，从二楼

透视未来的三楼，回顾地下的昨天

原先沿街寻找看中储物的小室

没想到要连起三层的画廊，从嬉笑开始

也可以变成责任，够沉重的

即 事   213

这么多个不同的房间：在其中一间放逐伤感

在另一间忍受疾病的痛切，一间里有

幽灵和风水的玄秘，另一间是

子女成长的家常

原来的房间拆去又组成新的图案

我们在地板上攀石，风帆航过天花板

在水碗上走单杆，在窗缘倒竖葱

不同的房间里我们表演的杂技没有冷场

要把一切过去拆掉（还是要保留

一扇优雅的大门）以便更好地移进未来？

每天看工程的进展总跟心中的蓝图互有龃龉

在不同城市装修工程有不同的进度与价钱

在逐渐成形的艰困中，衡量如何

把握分寸，不知小岛上艺评的朋友到头来

可会明白：好的艺术不见得就是反讽？

蔬菜的政治

要转移一个地方的风向谈何容易

失望的游牧逐水草而居

当文字变成怪兽，在网上搭起帐篷

大家用数码化的语言沟通，却好似

又听见了昔日迟缓的耳语？

把窗子连同杂物看成一个丰富的盒子艺术

那就永远有新的展览

不管面对朦胧或尖锐的镜头

你是大事曾经在此发生的现场

当你移动拨鼠

你是远方想象的水流

你是携带最多杂物的红白蓝胶袋

你是男女老幼的乡音

不能在这个房间产生的

就在另一个房间完成吧

即　事

你们在玩魔术，一直玩下去

随身带着许多盒子的房间

一个消失了又变出一个新的

（2006-04-20—2006-05-15）

　　　　　　　　　　　　　　蔬菜的政治

为叶辉的食经写序

带着你的文稿经过查尔斯桥

想今天该买什么菜，看见了花蟹

就不知有没有糯米和腊肠、冬菇和虾米

若有，也许可以凑合做一道红蟳米糕？

有蛤蜊

欠的是携酒而来的友人

味觉的狂欢

往往需要比食谱更大的想象

吃辣吃出了满头大汗

吃粥吃出了满腹沧桑

吃过苦头吃过冷嘲再难附和流行的食事

也不想尽吃鲍翅瑶柱的高雅

难得与明丽的新鲜瓜菜相逢恨晚

想在炉火咕噜里听见蛙鸣和雾湿

想有一种久违又亲切的味道

唤醒了沉睡的感官

想象一个最悲壮的进食所在？

想象一场最缠绵的进食过程？

也许到头来不过是寻找一个懂得的人

不会把春韭做老

用筷子拨动晴雨山水

从热汤里可以看见云霞

什么时候再共赏一尊好酒

细论嫩芯的茄子老去的黄瓜？

蔬菜的政治

避开庸手自煮满桌的新味

细嚼散文的厨艺与诗的火候

让我从旁帮忙细切葱蒜

带出你调理的真味？

（2006-06-20）

百布广场上的问答

"全球化经济有助于民主

还是更巩固了独裁？"

"在现今的世代里

勇气是什么意思？"

"传媒的权势造成怎样的影响？"

来自各方的人围绕一张巨大的圆桌

尝试回答不易回答的许多个问题

昔日在这广场上

黄衣党人焚去二万多本书

蔬菜的政治

那些被认为不适宜阅读的
从人间抹去的书本
在空气里阴魂未散

我们今天回来，来自不同的地方
他穿着非洲的民族服装
他来自加州画好了详细的图表
向摄影机展示怎样解决世界的资源
他是穿越不同公路的导演
她致力对抗贩卖儿童的黑手

他爱说笑话，他提供平庸的世界观
她眺望星际
这么多人围坐一张圆桌
在昔日焚书的地点尝试汇聚点滴的想法

回答得了么，历史给我们提的问题？
对着录音的仪器说话，有人可会聆听？

即 事　　　　　　　　　　　　　　　　　221

太阳没有了，户外的空气冷起来

能给我一张毛毡吗？

六个小时以后，觉出累积的疲劳

能给我一杯热咖啡？

来自不同的都市，不同的想象

回答，提问，甚至也许反复商量：

该用同样的尺度去衡量柚子和葡萄吗？

采蜜速度更高，可会酿出更美味的蜜糖？

若换了由花朵去掌握权力，世界就会更好吗？

一时阳光照耀，一时阴霾

大地默默聆听

（2006–09–09）

　　百布广场 Bebelplatz 在前东柏林洪堡大学外面，1933 年
5 月 10 日纳粹党人首次在此焚书，烧掉书籍两万多册，包括

　　　　　　　　　　　　　　蔬菜的政治

与他们意见不同的当代作者如布莱希特、托马斯·曼、德布林等人的作品。

2006年9月9日柏林文学节期间，我参与了一项节目，广场上搭起百人围坐的圆桌，称为"汇聚点滴知识"（dropping knowledge），广邀世界各地人文学科及科学、艺术、社会工作的讲者参加，作一整天答问。

附录

罗贵祥、梁秉钧对谈*

罗：有关饮食文化的东西，似乎在你这部诗集中特别
　　惹人注意。写北京网吧这些新事物，第一句却是
　　要人尝尝"呛鼻的四川麻辣味儿"，最后一句则是
　　"切菜造饭"。你应该是故意的吧？目的想制造什
　　么效果呢？

梁：2002 年夏天我应邀往北京讲学，以文来看我，我
　　们度过了愉快的两个星期。我当时的状态很好，
　　几乎每天写一首诗。在首都师范大学和北京大学

---

* 部分谈话原刊《中外文学》第三十四卷第一期及 *Modern Chinese Literature and Culture*, Vo!. 17, No. 1. "华人文化的泛亚性"专号。2006 年补充续谈。

都讲到都市诗的问题，记得在座有位年轻诗人问我：写都市诗是否一定要都市发展到最成熟的阶段才能产生出来？我觉得不一定，内地城市在三四十年代，香港在六七十年代，都在摸索中产生了有趣的作品。诗不同于社会文化研究，诗不是按观念写的。诗人本身对不典型的社会文化现象从个人感受出发的反应，未尝不可以扩大我们思考的领域呢！现代化在亚洲和在欧洲当然有不同的历程、不同的含义。有人觉得上网就是全球一体、普世同一步伐，我倒是觉得全世界的网上文化各有不同。我最近看了一位年轻人拍元朗网吧的纪录片，其中就有人把宠物兔子和蜥蜴带去，有人在那儿过夜睡觉！我在北京时感觉到上网这件事也有它的北京特性。

罗：《亚洲的滋味》这组诗收进这本诗集之前，曾刊在《中外文学》"华人文化的泛亚性"专辑内，背后的原意是什么？

梁：近十年我对亚洲的文化很感兴趣，并且刚好遇上

蔬菜的政治

机缘去做一点什么。这组诗作中八首来自一项名为"亚洲的滋味"的装置展览，它由"设计连"（design alliance），一个泛亚洲的设计组织团体主办，2002 年 10 月 27 日到 11 月 10 日在香港文化中心展出。我与来自亚洲各地八位艺术家及八位设计师合作。著名设计师刘小康是这次展览的发起人，他找我合作，因为知道我曾经写过关于食物的创作，对亚洲食物有浓厚兴趣，也有研究。他介绍我认识这十六名艺术家及设计师，一起讨论有关食物的问题，选出最喜爱或最能代表各城市的食物，由艺术家创造装置艺术，设计师设计假设可以承载这种食物的快餐小盒子，我来写诗。我的诗印在场地上或桌上，并放在盒子里。这次合作经验愉快。我对其中一些食物，如盆菜、海南鸡饭、石锅拌饭和冬荫功汤本来或已写过诗，或已有感觉有兴趣，对其余本来不太熟悉的食物，通过接触、进食，与朋友们共享与讨论，逐渐也更有感受更有理解。我在展览的八首诗之后，还继续写下去，从不同角度写其他亚洲食物题材的诗。

罗：为什么你会选择亚洲食物？是随意的吗？为什么这次展览没有包括日本菜和印度菜？是否因为你已经写过它们呢？

梁：我在《东西》（2000）这本诗集里写从东方到西方的旅程，发觉并不是只有一个东方和一个西方，而是从中互相渗染互相矛盾产生许许多多的"东西"。我在欧洲时特别敏感于亚洲的文化，也写过不少亚洲的食物，当中提及韩国泡菜、中国台湾的莲雾、东京的酒保，以及有关美籍越南裔女子的一首木瓜树诗。我也写过有关印度及日本的食物。2003 年我在芝加哥大学演讲时遇到印籍历史学者 Prasenjit Daura，他知道我写过苦瓜，特别请我吃印度苦瓜，他说它形如老鼠，有一根尾巴，这也引起我无穷的想象，也许有一天我还会写一首《印度的苦瓜》。2003 年当我在日本的时候，写过一系列有关日本的诗。所以《蔬菜的政治》中，关于日本的诗特别多,《东西》则有一辑是特别写中国澳门的。随缘去认识不同的城市吧。所有这些都可看作是我对亚洲食物及文化的持续探讨。《亚洲的滋味》是一个未完的计划。

罗：当你写这些诗的时候,你有否想着散居各地的中国人?

梁：不,在《亚洲的滋味》组诗我想的是亚洲,故没有以此为最重要的主题,但你难免找到一些蛛丝马迹,在《食事地域志》里,我从茄子和菜干汤,写到海外的华人。我曾有《游离的诗》一集,写过现实上和心理上的游离;在《带一枚苦瓜旅行》中,与集名同名的诗作也是写移徙和漂泊;而《渡叶》则为来往于加拿大和中国香港之间的太空人父亲*写作翻案文章。在现在这组诗的《雅加达黄饭》一诗里,我提到的中国豉油是印尼菜主要

---

* 太空人父亲是指子女家属都因政治或经济原因移民外国的人,自己辛勤地在原地工作,却惦挂他们,不断乘飞机在天空穿梭探望他们,是颇悲哀的社会状况。——编者注

酱料，但这诗主要是由印尼的角度写，而不是从中国的观点出发。我对亚洲文化的兴趣，令我想避免纯粹由民族主义的角度看问题。

罗：你对这些亚洲美食有没有作过认真的研究？你是否想把亚洲的历史写进诗里？

梁：是的，但也是从基本的烹饪和进食开始吧。例如，我与一位从印尼来的学生认真地研究过他们的调味品及其历史，也一同烹调与试菜。他告诉我如何在香港找到印度、马来西亚及印尼的香料。我也接触过一些老人家，平常闲谈里听来很多食物背后的历史，我也喜欢翻寻食物的新旧书籍。我有很多日本和亚洲各地方的朋友，我们在讨论文化之余，也会谈有关食物的问题，也会比较食谱。我有一位住在澳门的食评朋友，告诉我她如何寻找各古老食谱的经历，我也特别感兴趣。我发现很多食物的故事都连起历史。这里的香港盆菜诗与印尼黄饭明显跟历史有关，但就算是其他没有那么明显的诗，背后也有复杂的历史记忆。

　　　　　　　　　　　　　　　蔬菜的政治

罗：《亚洲的滋味》组诗与你的前作《食事地域志》有
什么关系与分别？

梁：我写了多年诗，只是到了 1997 年才开始写有关
食物的诗，我在温哥华举行一个名为"食事地域
志"的诗与摄影展览。里面的诗由香港文化出
发，也写到散居海外的华人，当这展览巡回到其
他城市，我自然也会与不同地方的食物及文化继
续交流，而有关的诗作也不断发展。展览最后在
2004 年夏天回到香港的文化博物馆，这次我跟装
置艺术家陈敏彦与摄影师李家昇合作，陈敏彦建
造了一个非常出色的虚拟茶餐厅，在墙上我们相
间用了 18 世纪殖民地茶和咖啡种植园的版画，印
成如葡国蓝白瓷砖般效果的墙纸背景，在墙上印
上我的诗作《鸳鸯》（一种混合茶和咖啡的地道饮
料），并在诗的字位挖空，填上咖啡粉、茶以及茶
与咖啡粉末的混合，观众凑近可以嗅到不同气味。
陈敏彦又建造了几个大排档食物摊子，上面放了
二十二个小煲，当访者打开盖子，可以听到读诗

的声音，也会嗅到中国香料草药和茶叶的气味，朗诵包括了男女老幼和中外人士，各有不同的声音，也有诗歌来源的童谣儿歌和街头叫卖和示威的市声。在会场所建的茶餐厅桌上，细剪了麦当劳、肯德基（KFC）和 DeliFrance 等西方快餐店商标来重组成中国传统的云、龙图案，作为桌面装饰。这是一个挺有创意的做法：用视像来表达当前非常奇怪的殖民地式的"东与西"的相会！

我写食物的诗，通常都是有感而发。我不见得能吃了什么就写什么，有一些喜爱的食物我就从没写过。传统中国有咏物诗，表现了诗人的心和物对话，我只是用一种当代的角度来更新这种诗体。当然，有关人与物的相会可以有很多不同形式，诗人不一定需要去把自己对世界的解释加诸物件上，将之变成象征，诗也可以是沿着物性去体会，心与物来回对话，也可以是一种对现实世界的探索。这种相遇可以是思考的、戏剧性的、幽默的、讽刺的、论述的、幻想的、公共的或是私人的。

　　　　　　　　　　　　蔬菜的政治

《食事地域志》最先是随意发展出来的，后来才有意用创作探讨个别城市的文化。《香港2，3事》一组作品是比较讽刺或政治性的，如《猪肉的论述》及《生鱼引起的恐慌》等。通常我只会对一些自己有感受想抒发的题材细写，也抗拒命题作文，但"亚洲的滋味"给我机会去做一直想探讨的题目，在不同的合作中我有机会跟来自不同文化的艺术家交流，扩大我对亚洲及文化历史的了解，这是我一向有兴趣的。在《亚洲的滋味》这组诗里我也尝试用不同的形式，有细致及幻想式的书写，亦有比较浅白歌谣的表达，少一点批判，多一些比较包容其他人的角度来看及感受。我的诗无可避免地总有我的意见及批评，但我希望这是出于对自己的反省多于去贬低他人。另外一些诗作如《冬荫功汤》和《马来椰酱饭》的节奏感比较重，主因是配合艺术节中一些跳舞及综合媒介演出。

罗：你如何在你的诗中寻找亚洲各国文化的共同性？

梁：表面上来看，大家都有米饭和香料，但当我们细看，会嗅到香料中各种社会混乱背后的尖锐痛楚，颜色里见出了帝国主义及殖民主义遗留下来的各种酸、甜、苦、辣；米饭则似是人民每天承受的苦难的安慰。香料和米饭，也是图画与音乐、意象与叙事。遮掩的面具与底下埋藏、扭曲的身份。

罗：作为一个既用英文又用中文写作的香港华人诗人，你如何把自己的创作放置在亚洲的文化中？

梁：我们中文写作界开始有机会与其他华文文学对话，也有些英语作者极希望与英美文学界对话，我则愿意与亚洲文化作更进一步的对话。我们有很多机会尝试不同的亚洲食物，但我们对亚洲文化还没有足够的了解和尊重。我很想对亚洲食物作更多研究，我发觉它们跟本土文化各阶段的历史发展有紧密关系，香港在佐敦一带有很多越南食物，主要是因为那里有来往越南的海运，我们也有很多六七十年代来港的越南难民。一些曾驻守香港的英籍尼泊尔士兵也把尼泊尔咖喱带到元朗一带，

蔬菜的政治

而印度商人则从来都对香港商业有重要贡献。每
周你在中环的广场见到菲佣聚首欢度星期天，新
马泰食物如此普通，正如目前日剧和韩剧家喻户
晓。但在这些潮流之外，作为一个作者，我感到
亚洲各地共同承受华语与英语支离破碎的变化，
殖民经验又酸又苦的历史，所谓现代与后现代的
虚荣与昂贵的滋味！

我写的《金必多汤》（Comprador Soup）是广州和
香港在 40 年代发展出来的"豉油西餐"食物，"豉
油西餐"用豉油来代替西餐中的牛油和芝士，以
切合中国人的肠胃。汤的名字来自当时置身中国
及西方商人之间的中间人、以此谋利的"买办"，
所以这种汤也见证了当时的历史。它原来是西式
奶油汤加上中菜里作为佳肴的鱼翅，但现在已经
发展出很多不同的变种。有一次我由于好奇，在
温哥华一间怀旧餐厅里点了这汤，端上来的却是
一种奶油蘑菇汤，最奇怪的是它的英文名字已改
成 Cambridge Soup，好似在食物的旅行与变易中

随时装扮出一种新的地位和身份，来适应一个新的环境、食客的新期望。食物由一个文化到另一个文化的流传总是发展出种种有趣的故事。

罗：这里的诗有部分已有英文或其他文字译本，可不可以谈谈外国读者对这些诗作的反应？美国文化喜欢用食物来界定少数族裔：他们的煮食方式，怎样与主流社会不同；少数族裔文学亦爱写本身独特的饮食文化，借此强调文化身份认同，你写这些食物诗时，有没有考虑过这方面的问题？

梁：我对翻译的问题很感兴趣，与译者像朋友般讨论，让我了解他们的口味，也让我从不同的角度回顾自己的诗作。一位苏格兰译者把我改编粤语童谣的《执个橙》译成苏格兰风味的童谣，令我击节赞赏，那是由于他本人对音乐的造诣吧！但他对我另一首《白粥》反复尝试而终于宣布放弃了。相反一位法国译者却成功地完成了《白粥》的翻译，当她谈到她所看到的书以及她的想法时，我立即明白她为什么能顺利地掌握了这首诗复杂的文字。

不同文化的读者可能有不同的反应。我记得在慕尼黑第一次读诗时，德国的读者对哲理性的诗反应较好，对食物诗反应冷淡，大概他们觉得食物难登大雅之堂吧。在法国就好像没有这个问题。当然我这也是一概而论，应该是因人而异才对。德国朋友里，也有不少对我提出《蔬菜的政治》这名字一下子就掌握到其中的意思了。"蔬菜"一词，英文里反而会有容易引起误会的联想。

我十多年没有回到美国，2005年往纽约一行，转机经过洛杉矶，全程只留下《一个亚洲人在洛杉矶机场》一首诗，是即兴之作吧。你说到少数族裔，我不禁失笑。这诗去到结尾也好似只能向少数族裔认同，不过却不是刻意的，是写的当下触景生情罢了。我在阅读和思考方面会想文化问题，但写诗时却是当下感触引发为多。我也常想诗与文化研究之间的关系：两者可以互相补充，但也有不少冲突的。写诗的时候我比较喜欢

用诗去探索，在诗的写作中去探索，不愿意依据
一个论点去写。我很害怕只讲政治正确的诗，干
巴巴的，而且老实说：探索性不大！因为主题先
行，结论在先。我喜欢诗仍然有它的韵味，在不
同的场合遇到不同的对象，发展出不同的形式和
文字来，不是根据理论来写。具体生动的创作性
探索说不定反能令理论家也从另外的角度想想问
题哩。

罗：你在作品中说"味觉的狂欢／往往需要比食谱更
大的想象"，好像在暗示，要追求一个在既有文本
或想法（如家传秘方或既成的历史）以外的东西，
那是一种怎么样的"狂欢"呢？

梁：我想要描述那未被描述的感情、未经细尝的滋味、
未受到注意的想法。我想环绕着那生命的谜团，
逼迫它发声，展开对话。

罗：你的食物诗跟地理、气候、权力政治、人情、地
方、风俗文化、历史、私人记忆、男女爱欲、性
别、种族，甚至科技，都产生交缠对话，食物的

蔬菜的政治

变化充满惊讶，但好像没有什么宗教的联系，是
我看漏了眼还是有其他理由？

梁：我在东欧之游写过《木基督像》，面对奥斯维辛集
中营旧址几乎有一种宗教式的叩问，但从这些诗
中你或许也见到我抱持的只是一种比较世俗的宗
教观。从饮食中引起接近宗教式经验的，最近倒
有过一次，写成小说《艾布尔的一夜》。年纪愈
大，对这些问题愈有感觉吧。《莲叶》组诗曾被法
国音乐家白蝴蝶、梁小卫及梅卓燕改编成《流莲
欢》舞剧，除了人际关系的辗转挫折，最后有比
较接近佛家思想的金色意象发展和追求。我的朋
友比较超脱。我未去到这样的境界，仍比较接近
尘俗，《莲叶》组诗中写到志莲净院的一首《净
叶》也仍是从世俗的角度感受佛意。我与佛家高
人有几次接触，但由于我六根未净，尘缘未了，
始终未能看破红尘。或许是时缘未到吧。

罗：如果说你用舌头去探索世界，吃尽五味纷陈，这
与其他感官，像视觉或听觉，去认知外在物象以

至内心，会有什么不同的地方？

梁：你记得神农尝百草的故事吗？当他遍尝百草的时候，当然也冒着肚泻或者中毒的危险，你观看影像，聆听音乐，相对没有这种危险。

食物包括滋味营养，变成我们的一部分。选择怎么样的食物，变成选择怎样的生活，选择我们变成怎样的人。不光是口味，也是健康伦理价值观甚至政治了。我们常常以为自己是自由的人，可以选择一切，其实我们未必完全可以自由选择放进口中的食物，有时是由于政治的禁忌、商业的霸权，有时源于我们自小受他人影响形成的歧视和偏执。

食物对于我来说有意思，惹我想探讨下去，正因为这些原因，食物既连起社会与文化，又连起私人的欲望与记忆，有不少丰富的层次。

作为一个写作的人，当然想细尝生命中的各种滋味，令我们体会不同深浅的情意，见识生活的幅度，感激他人创造的甘美，旁观众生的酸苦哀矜

　　　　　　　　　　　　蔬菜的政治

勿喜。

罗：“谁也无法阻止肉汁自然流下的去向”“吃过什么
　　已经记不起来了”“来自不同地方的水果／各有各
　　叙说自己的故事”这几句，不知怎样让我觉得，
　　食物在你的诗作中，除了是比喻或意象外，也可
　　以不代表什么，就只是食物本身。不知你有没有
　　这样的想法？

梁：是的，食物往往是起兴多于比喻。食物也在诗中
　　扮演很多不同的角色。以食物为对象，不一定是
　　要把我的意念投射在它身上，也可以是被它的特
　　色吸引，尝试了解它，与它对话。我的咏物诗大
　　概是不那么霸道，不那么武断的咏物诗。我欣赏
　　不同的生命，也让它们感染我。

罗：你在诗集最后几首作品给鸿鸿、家昇、叶辉及外
　　国朋友，带出了真挚的友情，令人感动。“同台吃
　　饭”，固然是相互沟通、维系感情的好途径，但亦
　　有说“同台吃饭，各自修行”，人际关系透过饮食
　　呈现，可以有许多可能性。在之前的作品，你已

写了不少。但你怎样看人与食物的主、客体关系呢？我的意思是，谈及食物，我们总是占据主体的位置，是控制者，不会反过来给食物吃掉（应该不可能被吃掉吧）。这样的"固定位置"，对诗，是好是坏呢？

梁：真的，这倒真是没办法的事。不过甜食令你蛀牙，辣椒叫你上火。食物令你上瘾、失眠、胃痛、胆固醇过高、中毒、全身麻痹。我不以为我完全操控食物，不过我也不会伪装是食物在咀嚼我。绝对完全政治正确我是没有可能的了，不过我有时也站在食物的角度想想贪婪的人类，像在《汤豆腐》里写的。我对由食物带出的各种态度感兴趣，有次跟跳舞的惠美谈起戒口，几年后我才写出《戒口》，有时我装扮一种政治不正确的态度对待"京渍物"，有时却又会假想自己是面对剪刀的鮟鱇鱼，当然我不是 S 也不是 M。我是对各种人际关系各种态度感兴趣罢了！

图书在版编目（CIP）数据

蔬菜的政治／梁秉钧著. —杭州：浙江大学出版
社，2016.3
ISBN 978-7-308-15338-6

Ⅰ.①蔬… Ⅱ.①梁… Ⅲ.①诗集—中国—当代
Ⅳ.①I227

中国版本图书馆CIP数据核字（2015）第270875号

浙江省版权局著作权合同登记图字：11-2015-195号
本书中文简体版由作者家属授权出版
本书插画由作者叶晓文授权使用

蔬菜的政治

梁秉钧 著

策　　划	王　雪	
责任编辑	王志毅	
营销编辑	李嘉慧	
装帧设计	蔡立国	
出版发行	浙江大学出版社	
	（杭州天目山路148号　邮政编码310007）	
	（网址：http://www.zjupress.com）	
制　　作	北京大观世纪文化传媒有限公司	
印　　刷	北京中科印刷有限公司	
开　　本	880mm×1230mm　1/32	
印　　张	8	
字　　数	106千	
版 印 次	2016年3月第1版　2016年3月第1次印刷	
书　　号	ISBN 978-7-308-15338-6	
定　　价	48.00元	